AF503090

FASCICULE N° 1 — 50 CENTIMES

ŒUVRES COMPLÈTES

DE

Touchatout

Illustrations noires et coloriées

ÉDITION [illegible]

PARIS 1890

CARNOT

CARNOT (Marie-François-Sadi), Président de la République française, né à Limoges le 11 août 1837.

Quelques esprits taquins prétendent que jusqu'ici son plus grand talent est d'être le petit-fils du Grand Carnot, pour en arriver à faire ce mot d'un goût douteux : « *L'histoire dira de lui que son mérite et son grand-père étaient également conventionnels.* » Ce genre de facétie nous semble tout à fait à dédaigner.

Ce prénom de : Sadi, peu usité à Batignolles, — il le tient, paraît-il, de son oncle, fils aîné du Grand Carnot, qui l'aimait beaucoup parce qu'il rappelle la sagesse et la poésie.

M. Carnot, lui, paraît n'y tenir que modérément : car on a remarqué qu'il l'employait de moins en moins ; et il n'est pas très prouvé qu'il se retournerait aujourd'hui dans la rue, si quelqu'un l'appelait ainsi du haut de l'impériale d'un omnibus.

Dès sa plus tendre enfance, M. Carnot indiqua vigoureusement son penchant instinctif pour la correction et la tenue, correction de laquelle il ne s'est jamais départi depuis. La sage-femme qui le mit au monde raconte qu'il la salua tout d'abord avec beaucoup de dignité. Elle ajoute qu'un peu plus tard, quand ils se trouvaient seuls tous les deux, en parfait gentleman, il ne voulait jamais s'asseoir sur ses genoux avant qu'elle ne fût elle-même assise la première.

Son instruction fut très soignée. Toujours assidu, sévère,

froid et sérieux, quand il lui arrivait de dire, sans le vouloir, deux mots dont l'assemblage formait un calembour, il rougissait comme une jeune fille dont la chaise vient d'avoir une petit craquement compromettant devant son fiancé.

Soigneux à l'excès, et d'une démarche toujours compassée, il ne déformait jamais ses habits; plusieurs fois ses camarades lui firent la charge, profitant de ce qu'il était arrêté immobile sur un trottoir, de lui épingler sur l'épaule une pancarte portant ces mots : *COMPLET : 49 francs*, ce qui lui attirait le désagrément de voir tous les passants venir tâter l'étoffe de son pantalon.

En 1857, — M. Carnot avait vingt ans, — il dut se décider pour le choix d'une carrière. Son tempérament, ses aptitudes, son instruction très brillante, l'attache raide de son cou... tout enfin le désignait pour l'Ecole polytechnique. Il y entra, en effet; mais peu s'en fallut qu'il n'y renonçât par suite d'une circonstance vraiment bien bizarre. Un jour, il lisait dans un journal un article sur l'Ecole polytechnique. Au bout d'une ligne, un compositeur maladroit avait coupé ce mot d'une façon tout à fait irrégulière, et M. Carnot lut : *Polyte chnique.*

Ces deux mots d'un argot ordurier : POLYTE pour : *Hippolyte*, et CHNIQUE, du verbe : CHNIQUER, *boire*, — produisirent, sur la nature essentiellement distinguée du jeune savant, une sensation de dégoût si profonde, — POLYTE CHNIQUE !... — qu'il chassa de son esprit l'idée d'entrer jamais dans une école ayant un nom si canaille.

Heureusement saint Sadi, son patron, la sagesse même comme on sait, lui fit comprendre qu'il n'y avait là qu'une maladresse de typographe. M. Carnot se décida et y entra; mais on raconte que depuis, cette impression n'a jamais disparu complètement de son esprit, et que chaque fois qu'il a à écrire ce mot : *Polytechnique*, instinctivement il rapproche toujours un peu plus que les autres lettres l'E et le C qui sont dans le milieu de ce mot, pour qu'il n'y ait pas de confusion possible.

Cet incident ne l'empêcha pas de sortir de cette école en 1860 avec le numéro 1, — ce qui est d'un bon fils, — et plus tard, avec le numéro 1 également, de l'Ecole des Ponts et chaussées, où il était entré cette fois sans répugnance, ayant eu la chance de ne rencontrer avant d'y entrer aucun de ces farceurs de table d'hôte qui se plaisent à n'appeler cette école que *l'école des pets et chaussons*. Sans quoi !...

A partir de ce moment, l'avancement du jeune ingénieur devint d'une rapidité foudroyante. D'abord, secrétaire-adjoint au conseil des ponts et chaussées, il fut en 1864 nommé ingénieur à Annecy. Les petits journaux à calembours du temps firent l'inimaginable pour le faire sourire en imprimant qu'étant ingénieur à Annecy, il n'avait plus à chercher *sa voie*; ils n'y parvinrent pas.

Dans ce département, nouvellement annexé, M. Carnot eut beaucoup de succès. Vélocipède père voulant amadouer ses nouveaux sujets, les inondait de travaux de toutes sortes : Ponts, canaux, chemins de fer, etc., etc... Et le jeune et savant ingénieur profita naturellement de cet accès de balaineuverie en dirigeant avec talent tous ces travaux et en en inventant de nouveaux auxquels l'Empereur n'eût jamais songé, tels que ponts sur les endroits sans rivière, creusements de canaux à faire passer sous ces ponts pour les utiliser, immenses tranchées dans les sols plats pour avoir l'occasion de les relier par des viaducs, création de collines artificielles fournissant le prétexte de les perforer avec des tunnels inédits, etc., etc.

Quand la guerre de 1870 éclata, M. Carnot proposa au gouvernement une mitrailleuse nouvelle. Nous n'avons pas de détails sur les mérites particuliers de cet engin ; mais, étant donné le caractère grave de l'inventeur, tout porte à croire que si les projectiles lancés par sa machine étaient destinés à éclater, ça ne devait pas être... de rire.

M. Carnot fut à cette époque nommé préfet de la Seine-Inférieure avec le titre de commissaire extraordinaire de la République pour les départements de Seine-Inférieure, Eure et Calvados ; et en cette qualité, il improvisa pour protéger Rouen, menacé par les Prussiens, des fortifications dont les tracés sont conservés. On remarque que dans ces plans il n'est question nulle part ni de *tranchées* ni de *parapets*, l'austère ingénieur ayant toujours évité systématiquement l'emploi de mots prêtant à des interprétations gaies et de mauvais goût.

Le 8 février 1871, M. Carnot fut nommé député de la Côte-d'Or par 41,711 voix. Croyant à la possibilité de la résistance, parce qu'il n'avait pas encore eu l'occasion de voir travailler de près le général Trochu de Sainte-Geneviève, il refusa de signer la cession de l'Alsace et de la Lorraine. Cette attitude, jointe à toutes les qualités de méthode, de netteté, de sagesse, de sobriété, d'exactitude, dont il fit preuve, ne tarda pas à attirer l'attention de ses collègues, — attention sympathique que ne refusent jamais les hommes politiques à ceux de leurs confrères humbles et silencieux qui ne leur portent aucun ombrage, — et il fut d'emblée nommé secrétaire de la gauche républicaine.

De plus, sa probité sévère étant déjà proverbiale, on le chargea d'éplucher le dernier budget de l'Empire. Ce qu'il dut avoir d'agrément là-dedans, s'il n'avait pas pensé à emporter un flacon d'ammoniaque !... on ne le saura jamais parce que M. Carnot, correct et bien élevé avant tout, n'est pas un homme à convenir jamais qu'il a vomi quelque part ; mais on s'en doute.

Il vota pour le retour de l'Assemblée à Paris — l'histoire lui doit un bon point — et pour le maintien au pouvoir du mauvais petit père Thiers. — L'histoire est quitte.

Il fut ensuite réélu député par l'arrondissement de Beaune, contre M. Benoist-Champy, bonapartiste. — La Côte-d'Or se désinfectait. — Sa profession de foi d'une correction exemplaire, inutile de le dire, — eût pu servir de modèle, si elle n'eût été elle-même déjà une copie d'un chapitre du *Parfait secrétaire* opportuniste, — pour toutes les professions de foi pareilles. Il y avait là-dedans, selon la formule, *l'appel aux hommes de bonne volonté de tous les partis*, *les libertés nécessaires*, *l'ordre dans le progrès*, *la République ouverte*, etc., etc. Enfin, tous les clichés chers aux républicains de raison dont le républicanisme grisaille s'accommoderait au besoin de tout autre chose. La suite en un mot de l'école du petit père Transnonnain qui avait pour devise résignée : *La République est le gouvernemnt qui nous divise le moins*, traduction libre : *Subissons ça en attendant, faute de mieux.*

M. Carnot fut un des 363 qui se prononcèrent contre la politique louche de MM. Mac-Mahon, de Broglie et Fourtou..... le monde dedans. Le 14 octobre, il fut réélu avec une majorité toujours grossissante.

A partir de ce moment, il est appelé successivement, — et même simultanément — à toutes les fonctions possibles. Sous-secrétaire d'Etat, président du Conseil du budget, vice-président de la Chambre, Ministre des travaux publics, Ministre des finances, etc., etc. Pas une fonction n'était vacante que l'on ne pensât à la lui confier, tant son assiduité et sa bonne tenue lui avaient conquis de sympathies. Et à peine avait-on pensé à lui donner une place, que... Crac !... ça y était !... Comme le plastron de sa chemise empesée, ça ne faisait pas un pli.

Il s'acquittait, d'ailleurs, de tout ce travail avec une conscience parfaite. Toujours exact, toujours assidu, toujours poli ; petit employé dans une administration quelconque, ses chefs eussent eu beaucoup de peine à ne pas l'augmenter d'au moins cent cinquante francs tous les deux ans.

Quant à ses électeurs, ils l'augmentaient sans cesse en lui donnant plus de suffrages à chaque élection. Ce fut ainsi qu'à Beaune le 4 octobre 1885, il fut réélu avec une majorité énorme. Il resta Ministre des finances, exposa sévèrement la situation du budget et proposa un emprunt.

Un incident assez malpropre vint mettre le comble à sa réputation de fonctionnaire dont l'intégrité était déjà à l'épreuve, non seulement de la balle, mais encore, ce qui est plus rare, de 500,000 balles.

Une Société financière puissante avait eu à acquitter de très forts droits d'enregistrement sur une opération quelconque, et n'avait trouvé rien de plus chaud que de chercher à intéresser M. Carnot, ministre des finances, pour qu'il lui fît restituer ces droits ; et l'on apprit que M. Carnot, sans le faire mettre dans les journaux, avait tout simplement répondu à ces Macaires qu'ils se trompaient de porte et qu'il n'était pas le gendre du père Grévy.

Quand la Chambre apprit ce beau trait, elle en tomba à la renverse. Le manque d'habitude !... Beaucoup d'hommes politiques ne manquèrent pas de penser que M. Carnot n'était qu'un naïf et un gâte-métier; mais pour la galerie, ils crurent devoir manifester un enthousiasme énorme pour cette rigidité de principes, comme les libertins applaudissent à la vertu... au théâtre, sans cesser un seul instant de penser aux bonnes saletés qu'ils continueront à faire en sortant.

La popularité de couloirs de M. Carnot était devenue très grande quand éclata l'affaire Wilson-Grévy, qui entraîna la chute définitive de ce vieil huissier retors que l'histoire, si elle a un peu de cœur, classera entre Tricoche et Cacolet.

Plusieurs candidats étaient en présence : MM. Freycinet, Floquet, Ferry, Brisson. Aucun ne put réunir la majorité. Chacun de ces hommes avait une valeur personnelle, c'était leur côté faible; car c'est toujours une mauvaise note aux yeux des oies que d'être un aigle. Fort embarrassés, les députés et les sénateurs jetèrent les yeux autour d'eux pour chercher s'ils ne trouveraient pas *quelque chose* à mettre sur le siège présidentiel, ne voulant à aucun prix y mettre *quelqu'un*. Ils aperçurent M. Carnot, en train de repasser modestement et consciencieusement une addition, et se dirent : « Voilà notre affaire !... »

Et M. Carnot fut élu Président de la République, comme honnête homme, en décembre 1887, par 616 voix.

Depuis, il n'a cessé d'aller très exactement à son bureau, et de ne jamais déformer ses redingotes, que son valet de chambre est obligé d'assouplir à grands coups de bâton pour pouvoir entrer dedans quand il les lui donne à user.

Comme représentant de la France, M. Carnot est l'idéal de la correction. Il reçoit largement, voyage sans cesse, a pour tous les préfets et les maires qu'il visite un mot... convenable, ne rote jamais au dessert dans les banquets officiels, et s'essuie soigneusement les lèvres avec une serviette spéciale, qu'il porte toujours sur lui, lorsqu'il lui est arrivé de laisser échapper sans le vouloir un mot un peu gai.

Au physique, M. Carnot est plutôt bien que mal. Grand, mince, droit, la barbe déjà toute noire, quoiqu'il n'ait encore que 53 ans, l'œil froid, le nez sec, la bouche impassible, le teint jaune, il est le type accompli du charmeur irrésistible, que l'on éprouve une ivresse exquise à voir monter à côté de soi dans un omnibus... que l'on va quitter pour en prendre un autre.

Depuis qu'il occupe la plus haute magistrature du pays, le renom d'honneur et de pureté de M. Carnot n'a fait que grandir. Estimé et respecté de tous, s'il ne fait pas rêver les femmes, il a du moins l'admiration des enfants, qui en sont tous toqués, parce qu'ils peuvent faire facilement sa statue très ressemblante avec les petits morceaux de bois carrés et rectangulaires qui composent leurs jeux d'architecture.

Contrairement à son prédécesseur M. Grévy à qui l'on a reproché d'accorder trop facilement des commutations de peines aux assassins, M. Carnot les laisse guillotiner tous. Chose bizarre de la part d'un homme qui a toujours eu les journaux légers en horreur, il semble s'être inspiré pour cette circonstance seulement de la célèbre devise du *Tintamarre* « : *Si vous avez une soupe à tremper à quelqu'un, ne lui faites pas grâce.* »

Quant à nous, quoique historien et biographe, nous n'échappons pas à l'enthousiasme général pour cette grande — et longue — figure qui est en ce moment l'honneur de la France et du dessin linéaire.

Et c'est avec orgueil que nous avons tracé ce portrait assez à temps pour n'avoir à y relater que deux ou trois tours de faveur accordés par cet homme impeccable à des hommes dont les services publics introduits sous la coiffe d'un chapeau trop large, n'empêcheraient pas ce chapeau de vous entrer jusque sur les épaules.

Nous nous souvenons trop que l'on a dit pendant trente ans : l'*intègre Grévy*, pour ne pas être joyeux d'avoir écrit à temps la biographie de l'austère Carnot.

Plus tard comme plus tard !... Le Larousse a bien des suppléments !

NOTICE COMPLÉMENTAIRE

Dates à remplir par les collectionneurs du « Trombinoscope »

M. Carnot continue pendant quatre années encore à émerveiller le monde par la rigidité de ses principes et de ses faux-cols. Le..... 18.., il descend du pouvoir correctement et noblement, sans casser la patte de ses bretelles, ce qui ne s'était pas vu depuis Pharamond, et est le comble de la dignité pour un citoyen assis depuis longtemps sur un siège aussi élevé. Le..... 18..., rentré dans la vie privée, M. Carnot publie un *Code du cérémonial* très remarqué, dans lequel il est dit entre autres excellentes choses, qu'*un crémier bien élevé ne doit pas laisser ses fromages couverts quand passe un enterrement.* Enfin, l'ex-président de la République française, après avoir courageusement résisté pendant toute sa vie aux sollicitations de ses intimes qui lui demandaient d'imiter l'acteur Daubray du Palais-Royal dans les soirées de famille, meurt le..... 19.., du chagrin d'avoir un soir, à l'Opéra, changé de chapeau avec l'excellent comique en question, et de s'être promené comme ça dans le foyer pendant tous les entr'actes des *Huguenots.*

Janvier 1891.

ŒUVRES COMPLÈTES

DE

TOUCHATOUT

Illustrations noires et coloriées

ÉDITION UNIFIÉE

Les nombreux ouvrages si populaires de Touchatout ayant été publiés dans différents formats, et plusieurs d'entre eux étant épuisés, nous avons pensé à unifier cette publication en une édition définitive, en l'augmentant d'illustrations dues à nos meilleurs artistes.

Cette édition se composera de tous les ouvrages de Touchatout, édités ou inédits.

Elle formera 40 volumes de 400 pages.

Chaque semaine paraît un fascicule de 40 pages avec dessins coloriés hors texte, du prix de 50 centimes.

Chaque volume se compose de 10 fascicules.

Pour les personnes désireuses de souscrire dès aujourd'hui à l'ouvrage complet (40 vol. à 5 francs : 200 francs), le prix de la souscription sera abaissé à 140 francs, et le premier fascicule de l'ouvrage contiendra, à titre de remerciement pour cette preuve de confiance et de sympathie, une dédicace autographe de l'auteur, adressée personnellement au souscripteur.

CATALOGUE

Histoire de France Tintamarresque	De Pharamond à la Révolution de 1848.	1	volume
	Napoléon III. — Les années de chance.	1	—
	La dégringolade impériale.............	1	—
	Le Mac-Mahonat..........................	1	—
	Le Grévilsonnat..........................	1	—
L'Art de mourir jeune.............................		1	—
Mythologie tintamarresque.........................		1	—
Le Trombinoscope (320 biographies)............		8	—
Précis d'histoire romaine.........................		1	—
Le Paposcope, histoire de 263 papes............		2	—
Le Trocadéroscope, revue des Expositions universelles..		1	—
Bloc-notes tintamarresque (chroniques d'actualités)......		8	—
Parodies (pièces-romans).........................		5	—
Mélanges tintamarresques (fantaisies)............		8	—
Ai-je mon compte ? (Boutade socialiste)..........		1	—

Envoyer en mandat-poste ou toute autre valeur payable à Paris autant de fois 50 centimes que l'on désire recevoir franco *de fascicules consécutifs.*

Paris. — Imprimerie Alcan-Lévy.

FASCICULE N° 2 — 50 CENTIMES

ŒUVRES COMPLÈTES

DE

Touchatout

Illustrations noires et coloriées

ÉDITION UNIFIÉE

PARIS 1890

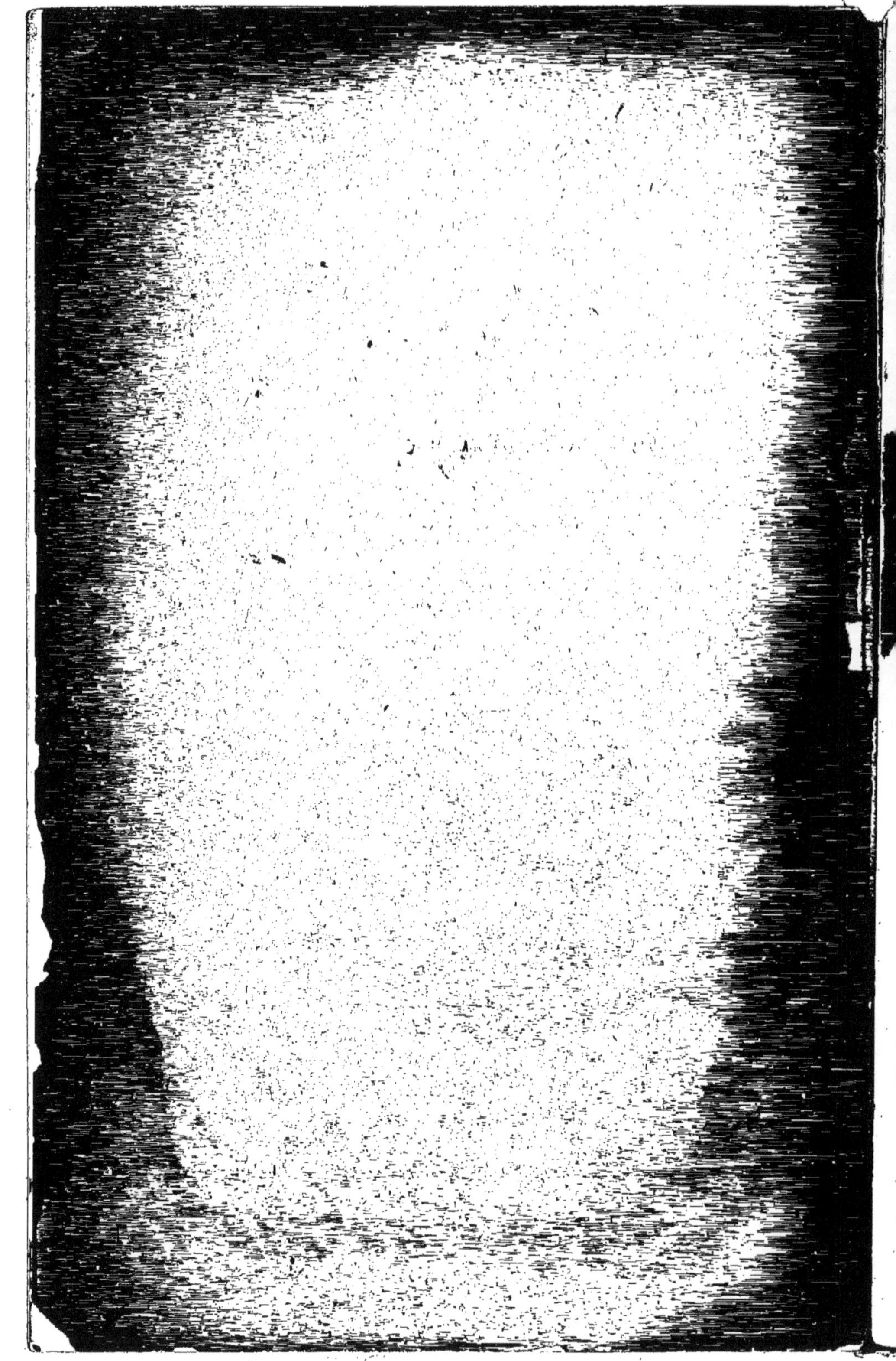

BOULANGER

BOULANGER (Georges-Ernest-Jean-Marie, — pas FARINA, mais il ne s'en faut pas de beaucoup —), général français, né à Rennes, le 29 avril 1837.

Dès sa plus tendre enfance, il montra de très grandes dispositions pour le métier d'ambitieux et de conspirateur, — de *rateur* surtout. — Encore au berceau, son désespoir était de ne pas avoir la bouche assez grande pour téter les deux seins de sa nourrice en même temps.

Seulement, on remarqua de très bonne heure aussi que, s'il avait au plus haut degré tous les instincts du rastaquouère assoiffé de jouissances et de gloriole, il était beaucoup moins amplement pourvu des aptitudes spéciales indispensables aux aventuriers qui se destinent à l'attaque à main armée des Constitutions. Il avait bien la fourberie, le cynisme, le besoin de *faire la fête* et le *struggleforlifisme* nécessaires aux chevaliers de l'industrie qui l'attirait; mais il manquait complètement de l'intelligence et de la décision sans lesquelles Cartouche lui-même eût végété dans les vulgaires bas-fonds de la canaillerie subalterne.

Tout jeune enfin, il indiquait à merveille qu'il deviendrait un de ces hommes capables de tout, qui n'ont absolument contre eux que de n'être bons à rien.

Un fait entre cent donnera la mesure de ce tempérament fait d'un quart d'acier et de trois quarts de colle de pâte.

Il portait encore des culottes courtes qu'il fut pris un jour d'une envie folle d'un beau sac de pruneaux qui s'étalait à l'étalage d'un épicier de sa ville natale. Il résolut de s'en rendre maître. Pour cela, il lui fallait des commanditaires; de la corde pour faire un nœud coulant et quelques autres menus engins étaient nécessaires. Il sut, — car il était charmeur, — intéresser à son opération quelques petites fripouilles de son quartier : le fils de son concierge et ceux de deux ou trois voisins, en leur promettant à chacun individuellement de partager avec lui seul le sac de pruneaux. Mais le moment venu pour l'escalade, il flancha abominablement, laissant ses complices dans la mélasse. Quelque chose avait remué dans la boutique de l'épicier, Ernest avait eu peur qu'on lui tirât les oreilles et avait tout lâché, se saintebreladant derrière un paravent, pendant que ses complices, secoués d'importance par leurs parents, maudissaient la mauvaise inspiration qu'ils avaient eue de s'associer à une pareille loque.

Ce trait indiquait exactement ce que devait devenir l'homme.

La première partie de sa vie fut pourtant correcte. Sorti de Saint-Cyr, il entra au premier tirailleurs algériens et se distingua comme officier à l'attaque des Crêtes. Puis en 1859, à Turbigo, il reçut une balle dans la poitrine et la croix d'honneur dessus. Il retourna en Afrique en 1860 comme lieutenant.

En Indo-Chine, il se fit remarquer par son entrain et son courage, et fut nommé capitaine. Il retourna encore une fois en Afrique, où il fut fait commandant de compagnie, puis chef de bataillon en 1870, époque à laquelle il revint à Paris se faire nommer lieutenant-colonel du 144e de ligne, le 9 novembre. A Champigny, il reçut une balle dans l'épaule et fut nommé, en janvier 1871, colonel du 114e.

Il prit part au second siège de Paris, reçut encore une balle au coude gauche à la barricade de l'avenue d'Orléans, fut cité deux fois à l'ordre du jour de l'armée de Versailles, — ce qui n'invite pas beaucoup à penser qu'il prêta souvent sa capote aux prisonniers fédérés qui devaient être fusillés le lendemain, pour les sauver, — et fut fait le 24 juin 1871 officier de la Légion d'honneur, — ce qui n'indique pas beaucoup non plus que son genre de travail, pendant la guerre civile, avait déplu outre mesure au général Gallifet, dont la générosité en ces circonstances est devenue légendaire.

A partir de ce moment, — comme il est facile de se l'expliquer quand on se souvient entre les mains de quels Thiers et de quels Mac-Mahon la République était tombée, — l'avancement d'Ernest fut très rapide Nommé colonel du 133e de ligne le 15 novembre 1874, il fut fait le 4 mai 1880 général de briga... — (Il y a tout de même des mots qui commencent bien drôlement—)... général de briga...de.

Envoyé aux Etats-Unis pour représenter la France au centenaire de Yorktown, il reprit à son retour le commandement d'une brigade de cavalerie, et fut nommé le 16 mai 1882 directeur de l'infanterie au ministère de la guerre. Le 18 février 1884 il partit en Tunisie avec le grade de général de division, poussa quelques pointes heureuses dans la région des Chotts et pacifia le pays, puisqu'il est convenu que ça s'appelle pacifier un pays que de massacrer tous ses habitants.

En Tunisie, le général Boulanger eut quelques différends avec M. Cambon, qui était résident général du pays, et dont sans doute il ne partageait pas les idées... pacificatrices.

Nous ne jugeons pas. En fait de.... pacification, l'élément militaire a ses procédés et l'élément civil ses systèmes ; mettons que ni les uns ni les autres ne valent bien cher, et n'en parlons plus.

Bref, le général Boulanger fut rappelé à Paris où M. Freycinet lui confia le ministère de la guerre. Jamais mortel ne fut mieux chatouillé à l endroit juste où ça le démangeait!... L'homme au sac de pruneaux était retrouvé

Sitôt qu'il fut ministre, le général Boulanger se mit à réformer dare dare, à droite, à gauche, devant lui, derrière lui, dans le tas, partout, à tort et à travers... c'était une sorte de *delirium tremens*. S'inquiétant d'ailleurs fort peu de l'importance et de l'utilité de ses réformes. L'essentiel était qu'il réformât et surtout que l'on sût, et-extra-surtout -- que l'on répétât qu'il réformait.

Tout lui était bon pour réformer : La couleur des guérites, la forme de la visière des képis, la barbe des soldats, la coupe des cheveux des cantinières, etc... etc... Le jobardisme public aidant, il fut bientôt convenu et accepté qu'un ministre de la guerre qui avait changé les fournisseurs de tripoli servant au nettoyage des boutons de tunique était clairement désigné par la Providence pour reprendre l'Alsace et la Lorraine, et la popularité du général grandit rapidement.

Il faut dire qu'à cette époque le fameux sac de pruneaux commençait à lui reluire très fort dans l'œil et qu'il donnait un solide coup de pouce à cette popularité naissante au moyen d'une copieuse distribution de chromos fabriqués aux frais du trésor de guerre, -- comme cela a été démontré depuis, — et représentant sa noble face de Badingue à l'œil flou et noyé, dans la fausseté duquel certaines femmes morphinées semblaient deviner comme un éclat voilé de polissonnerie qui les captivait.

Le duc d'Aumale ayant écrit au Président de la République une lettre dans laquelle il lui disait, à fort peu de chose près, qu'il le tenait pour une vieille baderne et la République qu'il présidait comme une sorte de charogne, le général Boulanger vota l'expulsion du duc, et eut à ce propos un duel au pistolet, sans résultat, avec le baron de Lareinty.

A la suite de ce vote, un journal rappela au général qu'en des temps meilleurs, il avait écrit humblement au duc d'Aumale pour solliciter de l'avancement en le traitant gros comme la cuisse d'*Altesse* et de *Monseigneur*. L'homme au sac de pruneaux nia cette lettre comme un diable, espérant qu'elle avait été détruite et ne se retrouverait pas. Hélas!... les d'Orléans sont des gens d'ordre, on le sait; la lettre se retrouva et, un beau matin, le journal en question en mit le *fac-simile* photographié sous les yeux du public, et le nez du brav' général s'allongea terriblement, comme on le pense. Mais l'engouement public était devenu si grand que ce mensonge impudent, qui eût coulé à jamais tout autre homme politique, — surtout un soldat, — dans un pays où l'on a la fausseté en horreur, passa comme une lettre à la poste. De ce moment, le brav' général put prendre la mesure de l'imbécillité publique à son égard et se persuader qu'il pourrait tout se permettre. Il résuma cette conviction dans une phrase restée fameuse : *J'ai tous les idiots pour moi; je serais bien bête de ne pas en profiter*. Alors, il leva le nez en l'air, et désignant la première étoile qui tomba sous son œil louche, il dit : *C'est la mienne!..* Pour les gens qui ne savent pas au juste le compte des étoiles, peu importe qu'on leur en chipe une, ils ne s'en aperçoivent pas; et beaucoup de gens furent convaincus que cette étoile était bien à lui.

Ce fut alors que la seconde édition de l'histoire du sac de pruneaux prit une véritable ampleur. Voyant le brav' général devenu le favori de l'opinion, tous les rastaquouères de la politique qui avaient dans les veines du pus des de Morny, des Saint-Arnaud et des Piétri de 1851, vinrent se grouper, *la plume au chapeau, l'escarcelle... vide*, autour du Tricoche monté sur un cheval noir, et mirent leur dernière pièce sur le numéro plein de *son étoile*, sachant qu'à la roulette de la politique, les numéros pleins, quand ils sortent, rapportent plusieurs millions de fois la mise. Le brav' général prit l'argent de quelque côté qu'il vînt, et, comme au beau temps du sac de pruneaux, promit à chacun des pontes de partager le magot avec lui, avec lui seul.

S'inquiétant enfin de ces allées et venues suspectes..., l'épicier oh! pardon... le gouvernement républicain commença à ouvrir l'œil, et pour protéger son sac de pruneaux, envoya prestement le brav' général commander un corps à Clermont-Ferrand. Ses fanatiques essayèrent bien de s'accrocher à la locomotive qui l'emportait loin du sac de pruneaux convoité ; mais ils en furent pour leurs frais. Ce fut alors que ses associés, les pontes du désespoir, qui voyaient leur mises compromises, crièrent au général : *Le moment est bon !. . Sautez donc sur le sac de pruneaux* !... Mais le brav' général, toujours comme au temps de sa vertueuse enfance, n'eut pas l'audace de sauter sur le sac, et il partit piteusement prendre son commandement dans le Puy-de-Dôme. Ce cri : « A moi Auvergne !... » qui ne rappelait qu'imparfaitement celui que l'histoire a catalogué dans les traits héroïques, fut à peu près le coup du lapin pour le boulangisme. En vain, le brav' général essaya des retours nocturnes sur le sac de pruneaux par des menées sournoises, en vain il se déguisa en infirme avec des lunettes vertes pour venir de Clermont intriguer clandestinement à Paris et rallier ses troupes découragées de sa couardise. En vain, il provoqua en duel Jules Ferry qui l'avait spirituellement appelé : *Saint-Arnaud de café-concert*. En vain il se battit avec M. Floquet et se fit faire par celui-ci un trou dans la gorge pour pouvoir mentir plus vite. En vain il fit répandre le bruit que, lui parti du ministère de la guerre, c'était la France irrémédiablement perdue avec la frontière allemande reculée jusqu'à Saint-Ouen; rien n'y fit: il était trop tard. Pas plus en *pronunciabsinthos* qu'en amour, l'occasion perdue ne se retrouve jamais.

Pour tout perdre, il ne lui restait plus qu'une bêtise à faire, il la fit. Au premier bruit de mise en accusation, il se sauva à l'Etranger, se laissant juger et condamner par la Haute-Cour comme embaucheur et traître à son pays.

Lui absent, ses associés, — moins par sympathie pour lui sans doute que pour essayer de rentrer dans leur argent, — continuèrent une campagne désespérée en sa faveur, pendant qu'il faisait tranquillement la fête à Jersey avec des marmites de luxe, refusant obstinément de faire la traversée pour revenir en France, même sur un navire à trois ponts, — ce qui eût dû l'attendrir. -- Tout échoua finalement, en 1890, dans une campagne d'élections municipales à Paris qui laissa sur le carreau tous ses candidats investis.

Alors, la débâcle devint homérique. Ce fut un sauve-qui-peut général de tous les comparses, qui le lâchèrent à tour de rôle, tous prétendant qu ils étaient de bonne foi en le servant, aucun ne voulant convenir qu'il connaissait la besogne malpropre ni la provenance des ressources interlopes de leur maître, qu'ils traitèrent sans plus de façon d'*Alphonse*.

Abandonné, trahi, conspué par tous ces *zigues* qui avaient six mois avant dressé des arcs de triomphe au dessert dans tous les cabarets à la mode du boulevard, le brav' général se confina à Sainte-Brelade dans un mutisme agrémenté de bons repas et de bons cigares, attendant toujours, selon son habitude, que le fameux sac de pruneaux lui tombât tout cuit sur sa table ; car il ne désespère pas. Quand on a une étoile dans son sac de nuit, c'est bien le diable si elle ne finit pas par flamber à un moment donné.

Au physique, le bel Ernest d'antan, baptisé plus tard Barbenzingue et plus tard encore Barbenfuite, est un homme des plus ordinaires; le front est bas et déprimé, l'œil sans chaleur, sans franchise et sans expression. On a souvent fait cette expérience de prendre une pièce de deux sous à l'effigie de Napoléon III, d'y ajouter un képi et quelques poils sur les joues venant rejoindre la barbiche : c'est frappant.

De cette physionomie absolument vulgaire quelques emballés, — quelques emballées surtout, — ont pourtant essayé de dégager une poétique. Le plus joli pavé qui lui ait été décoché dans ce genre, le brav' général l'a dû à une femme, écrivain d'un bien grand talent, mais parfois un peu gobeuse; nous avons nommé Séverine. — Elle dit un jour de lui que ce qu'il y avait surtout de captivant dans son regard, c'est qu'il était impossible d'y lire le reflet d'aucune de ses pensées. Joli compliment! C'est d'ailleurs un tic habituel à beaucoup de gens d'idéaliser les infirmités des rien-du-tout qui ont escamoté la vogue. C'est ainsi que l'on disait de Napoléon III, ce bas du-cul à l'œil morne et faux qui n'était pas sans analogie avec le personnage que nous portraicturons ici : *Rien dans l'œil !.. mais quelle profondeur ! Les jambes trop courtes !... mais comme il est bien à cheval !....*

Un rastaquouère louchant en dehors des deux yeux parviendrait à escalader le trône, qu'il trouverait des Tite Live pour s'écrier avec enthousiasme : *Quelle puissance !.:. son regard embrassait à la fois des espaces infinis !...*

D'esprit, le brav' général n'en a pas l'ombre. Il ne connaissait même pas l'A B C de son métier d'aventurier. Il laissa un jour échapper cette phrase inouïe de maladresse : *Le peuple a besoin d'être guidé comme un enfant.* C'était stupéfiant de gâtisme. Le pont aux ânes pour les hommes qui visent à asservir les masses étant, au contraire, de les traiter comme des arches saintes dont ils jurent de rester toujours les humbles et serviles adorateurs. Jamais on n'a vu un intrigant, aussi idiot qu'il puisse être, dire aux gens dont il brigue la confiance et les suffrages : *Vous n'êtes qu'un tas de crétins dont je ferai ce que je voudrai.* Mais Ernest, fait pour subjuguer les masses comme un cloporte pour jouer de l'accordéon, avait de ces naïvetés qui faisaient souvent suer et désespéraient son entourage composé de Macaires plus roublards.

Il affecte aussi un langage jovial et sans façon dans ses petits papiers publics. Un jour, dans une lettre solennelle adressée à Rochefort après la grande déconfiture, il lui dit : *Votre article était rudement tapé; mais laissez bouillir le mouton...* Beaucoup de gens à l'humeur gaie regrettèrent, en lisant cette lettre, qu'Ernest ne fût pas arrivé à la dictature, trouvant que ce n'eût pas été banal de pouvoir lire à l'*Officiel* et sur les murs de Paris, à un moment donné, des documents dans ce genre :

« Français et chers zigues !...

« On s'est collé hier un rude coup de tampon dans les rues « de Paris !... Mais maintenant que je vous ai débarrassés de « vos vieux fourneaux de députés et de sénateurs qui se sont « rien tiré les flûtes quand je suis arrivé au Palais-Bourbon à « la tête de mes aminches, ça va marcher que c'en est un « beurre !...

« Oh la..la... malheur !... en voilà des outils que vous aviez là !

« Français, mes vieilles branches !...

« Laissez pisser le mérinos !... Je ne vous dis que ça !...

« Par la grâce de ce vieux birbe de Naquet et la volonté de « Bibi :

« Votre singe pour la vie !...

« BOULANGE I^e^,

« Dit : *Pige-ma-fesse.* »

Maintenant, nous rougirions de terminer cette biographie sans exprimer notre sentiment intime sur la crise par laquelle a passé la France pendant les polichinelleries de ce conspirateur transi. Evidemment, la République a couru un grand danger; mais ce qui doit modérer chez les gens raisonnables l'enthousiasme qu'ils peuvent ressentir d'avoir échappé à un péril, c'est l'idée peu consolante que ce péril n'a été conjuré qu'au profit d'autres saltimbanques qui ne valent pas mieux que celui qu'ils ont écarté de l'assiette au beurre pour continuer à entourer eux-mêmes cette faïence sainte. On nous ferait difficilement accroire qu'il y a lieu de danser de joie parce que le général Boulanger n'a été empêché de nous mettre dans la limonade que par d'autres farceurs qui nous y laissent. Et tant qu'il ne nous sera pas prouvé qu'un malade est en meilleure posture parce qu'il ne s'est pas laissé mettre une pleurésie à la place de sa fluxion de poitrine, nous continuerons à considérer comme de tristes niais les gens qui, perdant de vue que l'on ne peut pas être écrasé par deux omnibus à la fois, s'écrient au moment où ils sont broyés sous celui de Madeleine-Bastille : *Quelle veine !... Une seconde de plus et j'étais écrasé par celui du Panthéon !...*

NOTICE COMPLÉMENTAIRE

Dates à remplir par les collectionneurs du « Trombinoscope »

Le brav' général, qui avait un instant pu se croire au faîte du pouvoir, continue à regretter amèrement celles (1) du café Riche sur son rocher de Sainte-Brelade. — Le... 18.., il prend le parti d'écrire son *Mémorial*, dans lequel on peut lire, entre autres pensées profondes, celle-ci : *Quand on conspire, il ne suffit pas de désirer faire une chose ; il faut l'oser !... Et justement... Lozé !...* (2) *voilà le hic !...* Enfin, il meurt le.., 19.., victime une dernière fois de l'indécision de son programme gélatineux : Croyant le moment venu de se rapprocher du fameux sac de pruneaux, il forme le projet de revenir hardiment en France pour faire reviser son jugement. Il met bravement un pied sur le paquebot en pensant au Bonaparte de 1851 ; mais l'autre pied reste rivé au sol parce qu'il vient de penser au Rossel de 1871. — Le paquebot part, et le brav' général, fendu en deux dans toute sa longueur, tombe à la mer, où il est d'ailleurs accueilli avec tous les égards dus à son rang et au titre aquatique que lui ont conféré, après l'extinction de son étoile, ses anciens compagnons de... vague.

Janvier 1891.

---

(1) Pour l'abonné de l'*Autorité* : celles : les fêtes.
(2) Pour l'abonné de l'*Autorité* : Lozé, préfet de police.

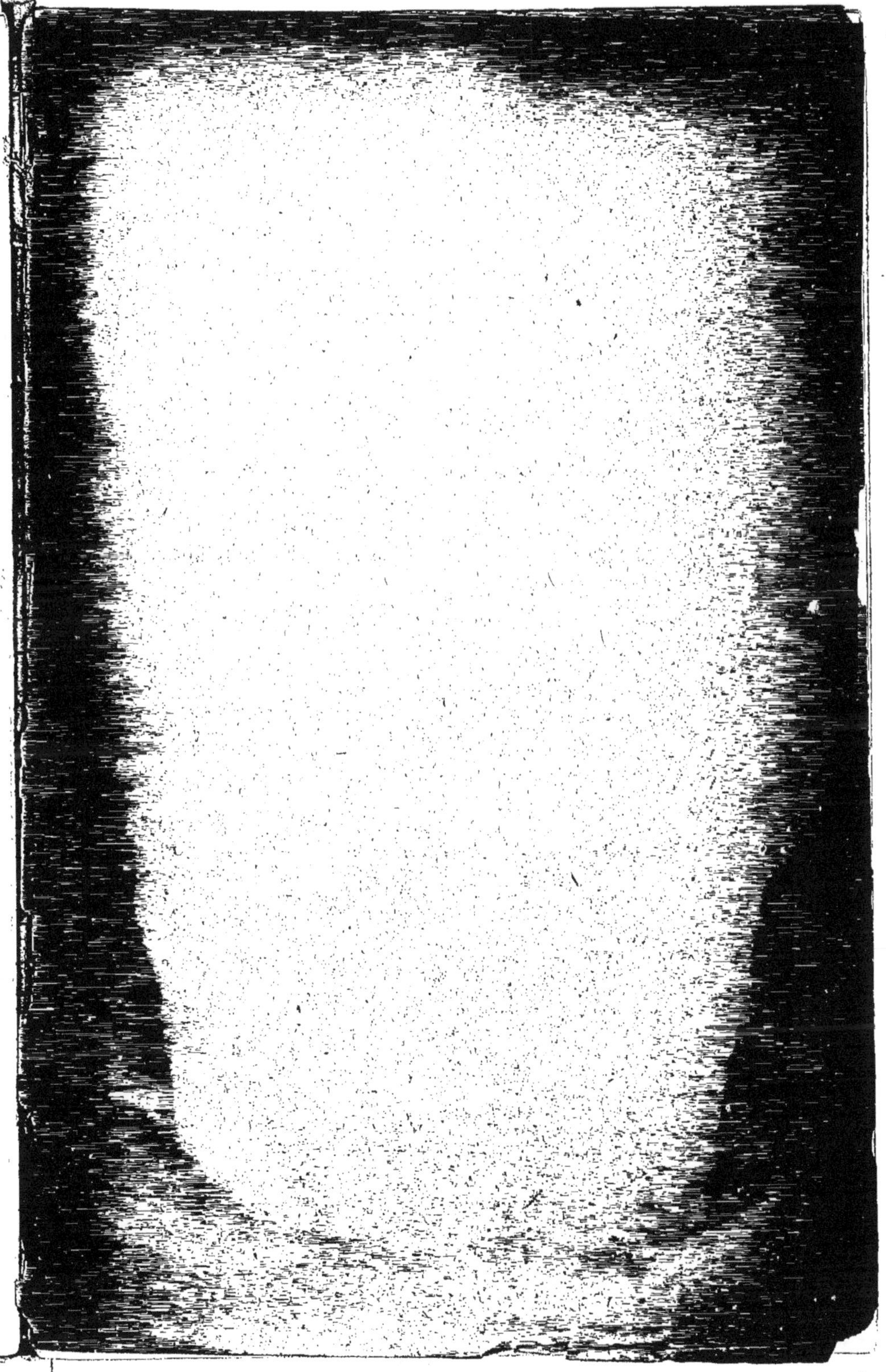

ŒUVRES COMPLÈTES

DE

TOUCHATOUT

Illustrations noires et coloriées

ÉDITION UNIFIÉE

Les nombreux ouvrages si populaires de Touchatout ayant été publiés dans différents formats, et plusieurs d'entre eux étant épuisés, nous avons pensé à unifier cette publication en une édition définitive, en l'augmentant d'illustrations dues à nos meilleurs artistes.

Cette édition se composera de tous les ouvrages de Touchatout, édités ou inédits.

Elle formera 40 volumes de 400 pages.

Chaque semaine paraît un fascicule de 40 pages avec dessins coloriés hors texte, du prix de 50 centimes.

Chaque volume se compose de 10 fascicules.

Pour les personnes désireuses de souscrire dès aujourd'hui à l'ouvrage complet (40 vol. à 5 francs : 200 francs), le prix de la souscription sera abaissé à 140 francs, et le premier fascicule de l'ouvrage contiendra, à titre de remerciement pour cette preuve de confiance et de sympathie, une dédicace autographe de l'auteur, adressée personnellement au souscripteur.

CATALOGUE

Histoire de France Tintamarresque	De Pharamond à la Révolution de 1848.	1	volume
	Napoléon III. — Les années de chance.	1	—
	La dégringolade impériale............	1	—
	Le Mac-Mahonat..................	1	—
	Le Grévilsonnat..................	1	—
L'Art de mourir jeune......................		1	—
Mythologie tintamarresque..................		1	—
Le Trombinoscope (320 biographies)..............		8	—
Précis d'histoire romaine..................		1	—
Le Paposcope, histoire de 263 papes..............		2	—
Le Trocadéroscope, revue des Expositions universelles..		1	—
Bloc-notes tintamarresque (chroniques d'actualités)......		8	—
Parodies (pièces-romans)........................		5	—
Mélanges tintamarresques (fantaisies)..............		8	—
Ai-je mon compte? (Boutade socialiste)............		1	—

Envoyer en mandat-poste ou toute autre valeur payable à Paris autant de fois 50 centimes que l'on désire recevoir franco *de fascicules consécutifs.*

Paris — Imprimerie Alcan-Lévy.

FASCICULE Nº 3 — 50 CENTIMES

ŒUVRES COMPLÈTES

DE

Touchatout

Illustrations noires et coloriées

ÉDITION UNIFIÉE

PARIS 1890

BELLE-MÈRE

BELLE-MÈRE. — Séraphine-Eulalie LAMBARDOT, née REVECHON, horrible fléau cosmopolite, mais surtout français, plus connu sous le nom de : Phylloxéra du foyer.

Elle est venue au monde en 1836. Son père, M. Joseph Revêchon, était un homme ordinaire. Sa mère, Mme Revêchon, était une femme insignifiante. Rien n'indiquait donc que de ce milieu plus que banal dût émerger un jour l'une des physionomies les plus caractéristiques et les plus désagréables de notre génération.

On pouvait d'autant moins le prévoir, que la petite Eulalie elle-même n'indiquait aucune disposition particulière qui pût faire entrevoir pour elle un avenir aussi infernal. Enfant très aimable, elle fut une très douce jeune fille, devint à dix-neuf ans une épouse gracieuse et bonne ; et plus tard, à différentes reprises, une charmante et excellente mère. Depuis sa naissance jusqu'en 1855, époque à laquelle elle épousa M. Lambardot, son charmant caractère, sa douceur, sa grâce, firent l'admiration et le charme de tous ceux qui l'approchèrent. Elle élevait ses enfants à peu près convenablement, et conservait son humeur égale et agréable.

⚭

Tout à coup, vers le milieu de l'année 1875, — Eulalie venait d'avoir ses quarante ans, — un changement brusque se produisit dans son caractère. Sa physionomie se modifia même assez vivement ; l'œil devint froid, le nez pointu, la lèvre acerbe, la voix cassante. Qu'était-il donc arrivé ? Oh ! mon Dieu, la chose la plus naturelle du monde : Mlle Blanche Lambardot, la fille aînée d'Eulalie, venait d'être demandée en mariage par un garçon fort bien sous tous les rapports, et le mariage avait été conclu. Voilà ce qui causait le changement d'humeur de Mme Eulalie Lambardot, née Revêchon.

⚭

La perspective de se séparer bientôt de sa fille si tendrement élevée, pour la jeter dans les bras, — cliché, — d'un misérable étranger, qui, sous des dehors séduisants, — cliché, — dissimulait peut-être le clavier complet des vices humains, — cliché, — avait transformé Mme Lambardot. Une heure avait suffi pour opérer cette métamorphose. La jeune fille naïve, l'épouse tendre, la mère dévouée... tout avait disparu en un clin d'œil, et la *belle-mère* était en éclosion.

⚭

C'est à cette époque seulement que commence la vraie existence de cet être diabolique que nous nous sommes imposé la tâche de portraicturer.

Pendant les deux mois qui séparèrent le jour des fiançailles de celui du mariage, Eulalie Revêchon ne se montra pas trop désagréable pour le futur époux de sa fille. Cela veut-il dire qu'elle perdait son temps?... qu'elle négligeait de prendre ses positions en vue des opérations qui allaient s'ouvrir vers le dernier quartier de la lune de miel? Oh! non. Eulalie, au contraire, n'épargnait rien pour préparer à son futur gendre l'existence semée de clous à crochets qu'elle avait rêvée pour lui.

Le jour du mariage arriva. M. Lambardot, lui, était d'une humeur très joviale et ne dissimulait pas sa joie. Cet homme excellent comprenait, quoiqu'il ne fût pas un aigle, que la meilleure manière d'être agréable à un bon jeune homme à qui l'on donne sa fille, est de lui faire une figure très riante le jour de la noce, afin de lui prouver que l'on est très heureux de l'avoir pour gendre et que l'on a une entière confiance en lui.

Quant à Eulalie, sa contenance était toute différente. Elle avait pris son air le plus resigné et poussait à chaque instant des soupirs à fendre les dalles de la salle d'attente de la mairie. Elle n'avait pas manqué d'éclater en sanglots quand sa fille avait répondu le OUI fatal, s'était montrée d'une tristesse mortelle pendant tout le dîner, s'était jetée au cou de sa fille avec désespoir dix-neuf fois dans l'après-midi en s'écriant : « Oh! ma pauvre enfant!... ma pauvre enfant!... » En un mot, n'avait rien négligé de ce qui peut faire comprendre à un gendre, à titre d'encouragement, qu'on le tient pour le dernier des paltoquets, que l'on est absolument convaincue qu'il battra sa femme dès le lendemain matin cinq heures et demie, et que l'on considère la pauvre créature livrée à ses brutalités comme une martyre vouée aux plus cruels supplices.

Tout à son bonheur, le gendre d'Eulalie ne remarqua pas d'abord l'attitude hostile de sa belle-mère. Cependant, il eût fallu qu'il fût imbécile pour ne pas constater à la longue qu'Eulalie ne négligeait aucune occasion de lui être désagréable et de lui lancer des pointes plus ou moins aiguës. S'il rentrait dîner une demi-heure plus tard que d'habitude, il était sûr qu'au dessert, sa belle-mère amenait gentiment la conversation sur l'infidélité des hommes, et racontait qu'un ami de son père, employé au ministère de l'Intérieur, avait trompé sa femme pendant seize ans sans que celle-ci s'en aperçût, avec une actrice de la Renaissance, qu'il allait voir en sortant de son bureau tous les jours de cinq heures à cinq heures et demie, disant chez lui qu'il était retenu par son sous-chef pour un travail de statistique.

Si, à une occasion quelconque le gendre d'Eulalie faisait un cadeau à sa femme, Mme Lambardot ne manquait pas, dans les quinze minutes qui suivaient, de dire : « Moi, je me suis toujours défiée de M. Lambardot quand il était généreux, parce que j'ai souvent fait cette remarque que les amabilités des maris envers leurs femmes sont rarement autre chose que d'adroites diversions faites pour masquer leur libertinage au dehors.

Depuis dix années qu'Eulalie a marié sa fille, elle n'a cessé d'agir avec son gendre avec la même aménité. L'expérience qu'elle a acquise lui a même suggéré des rosseries de jour en jour plus acérées et plus perfides. Tout ce qui se passe dans le jeune ménage est aussitôt mis à profit par elle pour l'œuvre de persécution, d'asticotage et de démolition à laquelle elle s'est vouée. Celui-ci, bien entendu, en dépit de son caractère excessivement conciliant, n'a pu rester insensible à tant de provocations. A cause de sa femme qu'il adore, il éloigne autant que possible de son esprit l'idée d'empoisonner sa belle-mère; mais il n'y a que ça tout juste; et, à part la mort, il n'est guère de désagréments qu'il ne lui souhaite du fond du cœur.

Pour donner une idée du caractère aigre et pointu de Mme Lambardot, signalons deux faits à l'occasion desquels elle s'est revélée tout entière. Dix mois après le mariage de sa fille, celle-ci n'ayant pas encore eu d'enfant, Eulalie a criblé son gendre de traits désagréables et offensants, en insinuant que cela ne l'étonnait nullement de la part d'un jeune « fin de siècle » prématurément épuisé par des excès précoces; que, du reste, ses prévisions ne l'avaient pas trompée, et que, s'il n'eût tenu qu'à elle, sa fille n'aurait jamais été donnée à un homme dont les yeux cernés et le dos voûté indiquaient suffisamment la satiété et l'impuissance d'un jeune invalide de Cythère.

Mais, plus tard, la fille de Mme Lambardot ayant eu trois

bébés en deux ans et demi, Eulalie fit retentir les airs de ses protestations indignées, criant partout que son gendre était un brutal et grossier personnage, incapable de sacrifier au repos et à la santé de sa femme ses révoltantes passions de garçon d'abattoir.

❁

Au physique, Mme Lambardot est une femme aussi bien conservée qu'on peut l'être dans du vinaigre. Elle est très bien tenue et fort propre.

❁

Quand son gendre est en voyage, elle ne se lève que vers les neuf heures; mais quand il est là, elle est debout dès six heures et demie, afin de lui faire sa journée plus longue.

❁

Voilà dix ans qu'elle se repaît du martyre de l'homme à qui elle a confié le bonheur de son enfant, portant des rubans jaunes qu'elle n'aime pas, uniquement parce qu'il les déteste, ne lui permettant pas de fumer devant elle, quoiqu'elle adore l'odeur des bons cigares, feignant de regretter l'Empire, qu'elle exècre, parce qu'il lit l'*Autorité*, empêchant que l'on mette un chapon dans la salade de chicorée, quoiqu'elle en soit folle, parce qu'il aime beaucoup le goût de l'ail, etc., etc.

❁

Du reste, excellente femme au fond; faisant très bien les petits plats de ménage, bonne aux pauvres, grand'maman gâteau au suprême degré, pleine d'attentions et de soins pour les animaux domestiques; mais ayant, bien moins par méchanceté que par cet instinct malfaisant que les naturalistes expliqueront peut-être un jour, concentré sur son gendre tout ce que la nature a mis à sa disposition d'aigreur, de susceptibilité mal placée, de mauvaise humeur et d'acrimonie.

Exemple suprême : A quarante-neuf ans, le lendemain d'une soirée où son gendre avait été malade d'avoir entendu trop de musique, elle s'est mise à apprendre le piano.

NOTICE COMPLÉMENTAIRE

Dates à remplir par les collectionneurs du « Trombinoscope ».

Fidèle à sa mission sainte, Eulalie continue à embellir de son mieux l'existence de son gendre. Sous prétexte que c'est sa fête le..... 18.., elle le force à la conduire à un concert de musique classique, qu'elle abomine, et à laquelle, d'ailleurs, elle ne comprend pas un mot elle-même.

Le..... 18.., elle le regarde attentivement dans le blanc des yeux, d'un air tendre et inquiet, et lui dit doucement : « Mon « ami, est-ce que vous ne pensez pas à contracter une assu- « rance sur la vie au profit de votre femme et de vos enfants?... « C'est toujours bon à faire, on ne sait jamais ce qui peut arri- « ver... »

Enfin, elle meurt le..... 19... Ses dernières paroles sont pour le mari de sa fille, à qui elle dit d'un ton chrétien :

« Monsieur, je vous pardonne tout le mal que vous m'avez « fait ; vous trouverez toute ma fortune en valeurs dans mon « secrétaire. Je regrette de ne pas vous laisser que des actions « des Galions du Vigo. »

Janvier 1891.

ŒUVRES COMPLÈTES

DE

TOUCHATOUT

Illustrations noires et coloriées

ÉDITION UNIFIÉE

Les nombreux ouvrages si populaires de Touchatout ayant été publiés dans différents formats, et plusieurs d'entre eux étant épuisés, nous avons pensé à unifier cette publication en une édition définitive, en l'augmentant d'illustrations dues à nos meilleurs artistes.

Cette édition se composera de tous les ouvrages de Touchatout, édités ou inédits.

Elle formera 40 volumes de 400 pages.

Chaque semaine paraît un fascicule de 40 pages avec dessins coloriés hors texte, du prix de 50 centimes.

Chaque volume se compose de 10 fascicules.

Pour les personnes désireuses de souscrire dès aujourd'hui à l'ouvrage complet (40 vol. à 5 francs : 200 francs), le prix de la souscription sera abaissé à 140 francs, et le premier fascicule de l'ouvrage contiendra, à titre de remerciement pour cette preuve de confiance et de sympathie, une dédicace autographe de l'auteur, adressée personnellement au souscripteur.

CATALOGUE

Histoire de France Tintamarresque	De Pharamond à la Révolution de 1848.	1	volume
	Napoléon III. — Les années de chance.	1	—
	La dégringolade impériale....	1	—
	Le Mac-Mahonat.........	1	—
	Le Grévilsonnat........	1	—
L'Art de mourir jeune....		1	—
Mythologie tintamarresque....		1	—
Le Trombinoscope (320 biographies).....		8	—
Précis d'histoire romaine....		1	—
Le Paposcope, histoire de 263 papes....		2	—
Le Trocadéroscope, revue des Expositions universelles..		1	—
Bloc-notes tintamarresque (chroniques d'actualités).....		8	—
Parodies (pièces-romans)........		5	—
Mélanges tintamarresques (fantaisies)........		8	—
Ai-je mon compte? (Boutade socialiste)........		1	—

Envoyer en mandat-poste ou toute autre valeur payable à Paris autant de fois 50 centimes que l'on désire recevoir franco *de fascicules consécutifs.*

Paris. — Imprimerie Alcan-Lévy.

FASCICULE N° 4 — 50 CENTIMES

ŒUVRES COMPLÈTES

DE

Touchatout

Illustrations noires et coloriées

ÉDITION UNIFIÉE

PARIS 1890

ŒUVRES COMPLÈTES

Touchatout

Illustrations noires et coloriées

BISMARCK

Bismarck, Schœnhausen-Othon (baron, puis comte de — puis prince de), homme d'Etat prussien, né le 1er avril 1814 à Schœnhausen.

Il est issu — (d'abord d'astuce et de fourberie) — ensuite d'une antique famille slave qui remontait au onzième siècle, selon les uns, les pendules suivant les autres.

Il étudia le droit à Berlin, à Gœttingue et à Greisfwald.

Quand il eut appris le droit, il s'écria :

— Dieu !... que je suis bête d'avoir perdu trois ans pour acquérir une science aussi inutile !... tout le droit tient dans ce vers de La Fontaine : *La raison du plus fort est toujours la meilleure.* J'aurais su ça par cœur en trois minutes, c'était tout ce qu'il me fallait !...

Il se fit soldat, devint lieutenant de la landwehr, et en 1847, membre de la diète germanique (ainsi nommée parce qu'elle a pour but d'affamer les populations).

Là, il se fit remarquer par la violence de ses théories.

Il prétendait que toutes les grandes villes devaient être passées au pétrole parce que les agglomérations sont toujours le rendez-vous des républicains.

A peine âgé de trente-trois ans, cet homme de génie avait compris toute l'importance de cette vérité qui semble de prime abord un paradoxe :

Dans un royaume, plus les sujets sont serrés, moins le roi est à son aise.

Avec de tels principes, M. de Bismarck ne pouvait manquer d'être distingué par le roi de Prusse.

4

En effet, il fut, successivement chargé de plusieurs missions diplomatiques à Francfort, à Vienne, à Saint-Pétersbourg et même à Paris, où il séjourna peu d'ailleurs ; le temps de prendre l'adresse de nos meilleures maisons d'horlogerie.

Le 22 septembre 1862, le roi lui confia la présidence du Conseil des ministres avec le portefeuille des aff... Pardon ! — des pendules étrangères.

Arrivé au pouvoir, M. de Bismarck manœuvra immédiatement en vue de la réalisation du rêve de toute sa vie : l'unité allemande.

Il n'est peut-être pas inutile de dire ici en deux mots ce que c'est au juste que l'unité allemande comme la comprend M. de Bismarck.

Vous prenez trois gros chiens que vous affamez assez pour les rendre furieux ; vous les attachez ensuite avec trois cordes et vous les sortez en laisse autour de votre habitation.

Vous avisez un beau terre-neuve, qui ne vous appartient pas, vous le faites à moitié étrangler par vos trois dogues, et quand il est terrassé, vous l'attachez à ses vainqueurs avec une quatrième corde.

Le lendemain, vous rencontrez un riche épagneul qui vous convient, vos quatre chiens sautent dessus.

Même jeu que la veille ; cinquième corde.

Le vaincu vient grossir la meute pour la prochaine occasion, et ainsi de suite jusqu'à douze, vingt, trente...

Il n'y a pas de limites : plus il y a d'étrangleurs, plus l'opération se fait facilement.

Si l'un d'eux regimbe, vous fouaillez dans le tas et vous le faites mordre par les autres.

Chaque chien a son collier, chaque chien a sa corde, ce qui fait croire à chacun d'eux qu'il jouit d'une certaine autonomie.

Mais tous les colliers sont marqués à votre chiffre, toutes les cordes sont réunies dans votre main et la même lanière sert à les schlaguer tous.

C'est ça qui constitue l'unité allemande.

A son début aux affaires, M. de Bismarck rencontra une vive opposition de la part des députés libéraux.

Il s'en préoccupa comme une locomotive d'un lapin qui traverse la voie.

Marchant droit au but, quand la Chambre n'était pas de son avis, il priait le roi d'envoyer les députés planter leurs choux.

Le roi signait sans dire ouf! et le ministère taillait, rognait à sa guise.

M. de Bismarck commença son travail d'unité par les duchés voisins.

La Saxe, le Wurtemberg, le Hanovre, la Hesse, le Schleswig, la Bavière, Bade, etc., etc., furent annexés à la Prusse par le procédé du nœud coulant.

Nous ne ferons pas une à une l'histoire de ces attaques de grand chemin qui se ressemblent toutes.

Nous nous contenterons simplement d'indiquer le procédé employé par M. de Bismarck pour *faire* la province.

C'était toujours de la plus grande simplicité. Etant donné un petit Etat quelconque qu'il convoitait ;

— Tarteifle!... lui disait-il un matin, vous faites cuire des harengs saurs chez vous et le vent nous en apporte toute l'odeur; c'est intolérable!... Si vous continuez, je vous envoie dix-huit cent mille soldats.

Naturellement, le petit Etat se levait comme un seul homme pour défendre le principe sacré de la liberté du hareng saur.

Alors M. de Bismarck se tournait vers l'Europe et lui disait :

— Voyez ces préparatifs menaçants!... Je suis bien obligé de me défendre!...

Comme une vieille avachie, l'Europe opinait du silence, et trois semaines après le petit Etat était uni à la Prusse dans un de ces doux embrassements qui rappellent, à peu de chose près, celui de Jonas et de la baleine.

Depuis 1866, époque à laquelle eut lieu la guerre contre l'Autriche, et qui fut si favorable à la Prusse, M. de Bismarck prit un peu de repos pour digérer.

Mais cette tranquillité ne devait pas durer longtemps.

Deux des provinces de la France lui manquaient pour son unité allemande.

— D'ailleurs, disait-il, la meilleure preuve que ces provinces sont à nous, c'est que les habitants ne disent pas *une choppe de bière*, mais *un joppe de pierre*.

Restait à trouver un prétexte pour faire la guerre à la France.

Certainement, M. de Bismarck était de force à le trouver tout seul, et même à s'en passer.

Mais le ciel, doux à ses caprices, devait lui éviter cette peine.

Vélocipède père (couvrez-vous!...), de Grammont, le matamore, Ollivier, au cœur léger, et Lebœuf, l'homme cinq fois prêt, épargnèrent tout ennui à M. de Bismarck en allant au-devant du monstre, qui n'eut plus qu'à ouvrir la gueule.

On ne sait que trop le reste !

M. de Bismarck avait déclaré, par l'organe de son mannequin Guillaume, qu'il ne faisait la guerre qu'à Napoléon III (couvrez-vous !).

Et une fois Napoléon vaincu et détrôné, il pilla la France jusqu'à la dernière pendule.

On devait s'attendre à ce procédé de la part d'un homme qui, de sa vie, n'avait jamais eu un bon mouvement.

Un détail : M. de Bismarck a été fait grand'croix de la Légion d'honneur par VÉLOCIPÈDE père.

Nous n'avons jamais vu et ne reverrons probablement jamais une scène d'une aussi haute fantaisie.

Bismarck décoré par Badinguet !... Tricoche armant chevalier Cacolet !...

A la suite de la dernière attaque de diligence, que cette vieille catin d'histoire aura le toupet d'enregistrer sous le nom de guerre de France et de Prusse, le roi Guillaume fit M. de Bismarck prince, en récompense des nombreux services... d'argenterie que ce dernier avait réquisitionnés sur nos grands chemins.

Quand nos milliards furent encaissés, M. de Bismarck s'occupa de mettre un peu d'ordre et de nettoyer chez lui. En 1872, il expulsa d'Allemagne les jésuites et poursuivit les évêques d'Ermland et de Mayence qui s'étaient permis de débiner son article 7.

Deux ans plus tard, il supprima un assez grand nombre de congrégations religieuses, ce qui lui valut un coup de pistolet que le jeune catholique Kullmann lui tira aux eaux de Kissingen et qui lui brisa ceux (1) du bras droit.

Sur la place où le grand chancelier n'avait été que blessé, on lui éleva une statue.

Probablement pour faire honte au meurtrier de sa maladresse.

Tant que nos milliards durèrent — et ils ne durèrent pas longtemps — M. de Bismarck fut relativement tranquille.

Mais une fois qu'ils furent digérés, un nouveau poil à gratter vint troubler les nuits du grand chancelier.

Ce poil à gratter fut le socialisme.

---

(1) Pour l'abonné de l'*Autorité* : ceux : *les os*.

Les travailleurs allemands qui, depuis déjà quelque temps, se demandaient ce qu'ils avaient à gagner à des augmentations de territoire qui ne se traduisaient que par des diminutions de salaires, commencèrent à se grouper, à parler fort et à envoyer au Reichstag quelques députés chargés de faire remarquer à M. de Bismarck que si, lui, gagnait gentiment sa vie en faisant tuer les autres, eux perdaient la leur en faisant vivre les uns.

M. de Bismarck, prévoyant à quel point des revendications de ce genre pouvaient devenir menaçantes si on les laissait grandir, fit voter immédiatement une loi sévère contre les socialistes, expulsa sans façon trois députés intransigeants et fit proclamer le « petit état de siège ».

Il n'y a pas assez longtemps que nous avons vu ce qu'était un grand état de siège en France pour que nous ne nous rendions pas compte à peu près de ce que peut être un petit état de siège en Prusse.

Nous croyons donc inutile de donner ici des détails sur cet engin de gouvernement dont la forme rappelle celle d'une presse à jus et permet à M. de Bismarck de réduire les socialistes allemands en deux ou trois tours de vis.

Vers 1875, le bruit courut très fort que M. de Bismarck, furieux de voir que nos cinq milliards, en entrant en Prusse, y avaient creusé un bien plus gros trou que celui qu'ils avaient laissé en France en en sortant, avait résolu de venir nous demander un petit supplément.

Il ne s'agissait guère cette fois, disait-on, que de la Champagne, la Franche-Comté, quarante milliards et huit cent quinze mille pendules.

Quelle fut la cause qui retint l'honorable chancelier de tenter le coup ?

— Fut-ce l'empereur de Russie indigné qui se mit en travers — comme on l'a dit — pour nous empêcher d'être mangés?

Nous n'y croyons guère, n'étant pas de notre nature très gobeur en fait de scrupules des têtes couronnées.

Fut-ce simplement la crainte de ne pas réussir l'opération qui décida M. de Bismarck à ne pas la tenter?

C'est, à notre avis, plus vraisemblable.

M. de Bismarck n'ignore pas qu'au baccarat de la guerre — comme à l'autre — le joueur présomptueux qui veut passer trop de fois risque, non seulement tout le gain des coups heureux, mais encore sa première mise.

Et peut-être est-ce tout bêtement à cette simple réflexion de

M. de Bismarck que nous devons — selon la chance ou la déveine — de voir encore Saint-Ouen en France et Metz en Prusse.

Depuis cette époque, la politique constante de M. de Bismarck consista à manœuvrer de façon à isoler la France en la représentant comme un foyer d'infection révolutionnaire. Sentant parfaitement où le bât le blessait, il fit, à plusieurs reprises, de plates avances à toutes les puissances pour les ameuter contre nous, notamment à l'Italie et à la Russie. Avec cette dernière, il pensa un instant réussir après l'assassinat d'Alexandre II, en faisant accroire à son successeur que le même sort l'attendait, les nihilistes et les socialistes français n'étant, en somme, que deux têtes dans le même bonnet.

M. de Bismarck ne négligea pas, non plus, de pousser la France dans les aventures coloniales qui lui faisaient éparpiller son argent et ses soldats un peu partout. Il faudrait n'avoir jamais vu un gendre conseiller tendrement à sa belle-mère d'aller rétablir sa chère santé aux eaux afin qu'elle ne l'embête pas à Paris, pour ne pas se rendre un compte exact du désir que pouvait éprouver Bismarck à voir la France dégarnir les frontières du Rhin en faveur de celles du Tonkin.

Les relations de la France avec l'Allemagne, qui n'avaient jamais été bien fameuses depuis 1871, s'aigrirent encore lorsque le général Boulanger fut nommé ministre de la guerre. Le brav' général passait, à cette époque, pour un sauveur à courte échéance ; et comme Bismarck, qui n'est pas bête au fond, flairait déjà un ambitieux et un aventurier dans ce saltimbanque, il comprenait très bien que la première chose que ferait ce nouveau Badingue pour consolider sa popularité, serait de jouer la France dans une guerre à pile ou face contre l'Allemagne. Et comme, en somme, on ne sait jamais ce qui arrive, Bismarck dressait l'oreille.

Après la mort des empereurs Guillaume Ier et Frédéric, M. de Bismarck eut un gros déboire. Il avait pensé qu'il continuerait à diriger en chef les affaires de son pays, et que le jeune et nouvel empereur, qu'il avait d'ailleurs dressé, serait bien heureux d'aller jouer au lawn-tennis pendant ce temps-là.

Il n'en fut rien. Son élève prit goût au métier, et profita de ce qu'il était pâle, malingre et mal portant pour se persuader qu'il avait l'étoffe d'un Charles-Quint. Son premier soin fut donc de tout chambarder autour de lui; tout, y compris son vieux professeur et grand-chancelier, auquel il fit assez vite comprendre qu'il le tenait pour un gâteux.

M. de Bismarck tomba donc, mais non avec grâce, dissimulant mal sa mauvaise humeur à l'égard du jeune empereur *fin de siècle* qui lui avait redemandé son tablier.

L'affaire en est là; et l'on peut prévoir, sans en être trop attristé, le moment où les gros mots vont s'échanger entre ces deux types, qui se considèrent réciproquement, l'un comme un morveux, l'autre comme une vieille ganache.

Inutile de dire que, depuis 1871 jusqu'au jour de sa disgrâce, M. de Bismarck n'a cessé de travailler de toutes ses forces à la pacification de l'Alsace-Lorraine au moyen d'une foule de mesures conciliantes, comme par exemple l'interdiction du séjour à tous les Français et celle de l'usage de la langue françaises à toutes les femmes enceintes.

Au physique, M. de Bismark est un homme de haute taille et de forte corpulence.

La physionomie est dure, grossière et brutale.

La première fois qu'on le voit, son air vous rappelle... que vous avez oublié vos clefs sur votre secrétaire.

Il est, dit-on, simple de mœurs, et assez jovial dans l'intimité. Mangeant bien, buvant ferme et fumant de grosses pipes, il surveille avec soin ses intérêts particuliers et se fait tour à tour : fermier industriel et marchand de futailles.

Il est affable et reçoit volontiers les gens qui se présentent chez lui ; seulement, il ne faut pas que ça dure trop longtemps.

On raconte qu'un jour un ambassadeur d'une grande puissance lui faisant mielleusement observer qu'il devait bien souvent être dérangé par des gêneurs, le grand chancelier lui répondit : *Oh! j'ai pris mes précautions... quand un visiteur reste trop longtemps, ma femme, qui a le mot, me fait demander.*

A ce moment précis, un domestique entra prévenir le Prince que la Princesse l'attendait.

Les ambassadeurs de grandes puissances ont généralement de bonnes têtes; cela fait partie de l'outillage; mais nous avouons que si nous avions assisté à cet entretien sans être muni d'un appareil photographique instantané, nous nous en consolerions bien difficilement.

BISMARCK

On ne peut refuser à M. de Bismarck un esprit très développé. Il a de l'activité, du flair, et possède une de ces intelligences spéciales avec lesquelles on doit, à cinquante ans, — selon la chance — ou être devenu grand chancelier ou avoir déjà fait trente-cinq ans de bagne.

NOTICE COMPLÉMENTAIRE

Dates à remplir par les collectionneurs du « Trombinoscope »

Très décalé par sa mise à la retraite, qui lui enlève tout espoir de diriger contre l'horlogerie française une nouvelle invasion à la suite de laquelle il avait caressé l'espoir de se faire nommer duc de Cadranzollern, M. de Bismarck occupe ses loisirs en faisant de l'unité allemande platonique. — Le... 18..., il publie une brochure dans laquelle il pose les jalons de l'unité allemande appliquée au Maroc, et meurt enfin d'apoplexie à Berlin le... (*tais-toi mon cœur !*)... réveillé en sursaut par douze clairons français qui passent sous ses fenêtres en sonnant l'air : « *As-tu vu la casquette... la casquette !* ... »

Paris — Imprimerie Alcan-Lévy.

www.ingramcontent.com/pod-product-compliance
Ingram Content Group UK Ltd.
Pitfield, Milton Keynes, MK11 3LW, UK
UKHW021001220726
13924UKWH00002B/834